Heilende Gedanken

Eine Reise zum
Überdenken
und Reflektieren

Jenna Barnso

ISBN Taschenbuch: 978-3-98591-006-9

Mandelun GmbH
Hindenburgstraße 26
Erlangen, 91054

Verkauf und Druck: Amazon Media EU S.á.r.l., 5 Rue Plaetis, L-2338, Luxembourg

 Bibliografische Information der Deutschen Nationalbibliothek: Die Deutsche Nationalbibliothek verzeichnet diese Publikation in der Deutschen Nationalbibliografie; detaillierte bibliografische Daten sind im Internet über https://dnb.de abrufbar.

Eine Gedichtesammlung für jeden, der sie braucht.

Schmerz

Schmerz

empfinde ich,

weil ich weiß,

dass ich gehen lassen muss,

aber nicht kann.

Ich weiß, ich sollte akzeptieren,

und doch warte ich darauf,

dass das Unmögliche geschieht.

Akzeptieren

Akzeptieren ist schwer,
so schwer wie nichts anderes.
Doch ist es geschafft,
lebe ich frei,
frei von all dem Schmerz und der Trauer.

Mein Herz macht den ersten Schritt
und nimmt meinen Körper mit.

Die Welt

Die Welt steht mir so offen

und doch fühle ich mich eingeengt.

Die Welt ist so groß

und doch fühlt sie sich klein an.

Die Welt ist gütig

und doch fühle ich mich bestraft.

Liegt es an der Welt oder an mir?

Die Welt ist gefüllt

mit *unendlich vielen* Menschen.

Jeden Tag stehen wir uns gegenüber,

unsere Augen treffen sich

im Trubel des Alltags.

Trotzdem sitze ich hier

und fühle mich so *unendlich allein.*

Allein

F r i e d e n

So unbemerkt stellt sich der Mond über mich,
als würde jeder den Mond
ohne Leiden betrachten können.

So sachte rascheln die Bäume,
als würde niemand auf der Welt weinen.

So leise und reibungslos
weicht der Wind an mir vorbei,
als würde überall Frieden herrschen.

Die Zukunft ist ungewiss.

Ich lebe in der fünften Staffel meines Lebens.

Alle meine Lieblingscharaktere sind nicht mehr,

alles wiederholt sich.

Dem Schreiber fällt nichts mehr ein.

Ich lebe in der fünften Staffel meines Lebens,

alles dreht sich schneller,

höher, weiter, besser.

Mehr Fame, mehr Reichweite, mehr Erfolg

und doch ist alles gleich, alles eins, alles keins.

Doch was bringt die Zukunft?

Zukunft

Finde den Sinn

Ich finde ihn,
er muss hier in der Nähe sein.
Ich höre, wie er nach mir schreit,
während er kichernd
sich verkriechend in seiner Ecke bleibt.
Was ist mit ihm?
Er tut so, als sei es offensichtlich.
Ich suche und finde ihn oder doch nicht,
als er sich tanzend um mich schlingt
und sich wieder in einem dunklen Loch verkriecht.
Es gefällt ihm!
Er macht mich manchmal nur verrückt,
ich sprieße förmlich voller Glück,
bis er im nächsten Augenblick mein Herz

weltuntergangsähnlich entrückt.

Wohin mit ihm?

Er bestimmt ja doch mein Leben,

ich denke oft, es sei vergebens,

doch zeichnet er mal hart, mal weich

in die Konturen meines Strebens.

Licht an

Licht an, Augen zu, was fühlst du?
Ungewissheit, eine Decke,
wie jene, weich schmusende, die dich warm hält,
dich geborgen vor die Wahl stellt,
sich zu verkriechen oder zu entdecken.

Licht an, Augen auf, was siehst du?
Grelles Licht, das dich durchflutet,
ein Tag, der dich weckend, an deinem Bett steht,
erwartungsvoll in dein Gesicht sieht
und das Beste von dir vermutet.

Licht aus, Augen auf, was denkst du?
Geflohen ist der Tag von dir,
denn du wolltest alles, ja, alles von ihm,
selbst das, was von ihm so gering erschien,
zu jeder Zeit warst du im Hier.

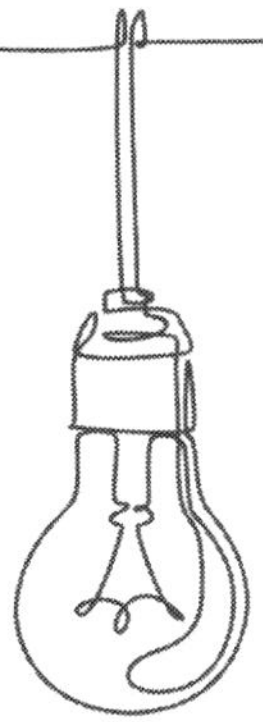

Licht aus, Augen zu, was träumst du?

Freude, über das, was noch kommt,

vielleicht übermorgen oder doch erst bald,

Lauschen, was noch von heute nachhallt,

bevor es still um dich verschwimmt.

Wir fühlen uns allein.

Aber sind wir wirklich allein?

Du bist nie allein,

du hast **dich**.

DU

Hoffnung

Hoffnung?

Hoffnung klingt gut,

Hoffnung klingt schön,

Hoffnung klingt romantisch.

Aber in Wirklichkeit

ist sie genau das nicht.

Hoffnung führt immer zu Enttäuschung.

Hoffnung heißt, wir akzeptieren das Jetzt nicht.

Hoffnung heißt, wir wollen mehr.

Es sind die hoffnungslosesten Menschen,

die glücklich sind.

Eine klare Sicht wär gut,
zu wissen, ob das, was man tut,
am Ende einen Sinn ergibt
oder nicht.

Mal einen Blick von oben tun,
zu sehen, ob man denn nicht schon
lange falsch abgebogen ist
oder richtig.

Für ein'n Moment neben sich stehen,
ein Stück mit sich spazieren gehen,
so dass man sich mal selbst erlebt
und widerspricht.

Sich einmal in die Augen seh'n,
sich einmal wirklich selbst versteh'n,
was man will, wonach man strebt
in echt.

Klare Sicht

Die Arme um sich selber schließen,
man selbst zu sein einfach genießen,
bis das Herz voll Freude bebt
und nicht sticht.

Dankbar auf die Schulter klopfend,
glücklich fallend oder trumpfend,
Zufriedenheit erlebt
mit sich.

Arbeit

Ich stehe jeden Morgen auf,
für meine Arbeit,
für meinen Arbeitgeber.

Ich arbeite den ganzen Tag,
für meine Arbeit,
für meinen Arbeitgeber.

Ich stehe morgens nicht auf,
ich arbeite den ganzen Tag nicht,
für mich selbst.

Warum tue ich für mich selbst nichts,
aber für andere Menschen alles?

Ist Menschen deine Abwesenheit egal,
dann hat deine Gegenwart ihnen nie etwas bedeutet.

Sobald du das realisierst,
kannst du dich entscheiden.
Du kannst dich entscheiden,
den Menschen nicht mehr
mit deiner Gegenwart zu beglücken.
Er verliert.
Du gewinnst mehr Zeit,
um andere Menschen zu lieben.

Abwesenheit

Zu wenig?

Nimm doch das, was du hast,

das Bisschen,

das Wenig,

das Fast.

Es ist schon mehr als nichts,

wenn du's teilst,

es verschenkst,

es gibst.

Und manchmal beinah alles,

beim Dasein,

beim Zuhören,

beim Teilnehmen.

Leben

Leben ist keine Burg,

Leben ist ein Königreich.

Wer nur hinter Mauern sitzt,

riskiert, dass man ihn angreift.

Leben sticht einen Mittelpunkt,

Leben zieht enen großen Kreis,

schließt zirkelnd außer einem selbst auch andere mit ein.

Leben ist und hat nicht nur,

Leben bleibt ein Werden,

denn wer meint, er sei schon längst,

ist schon längst am Sterben.

Versprechen

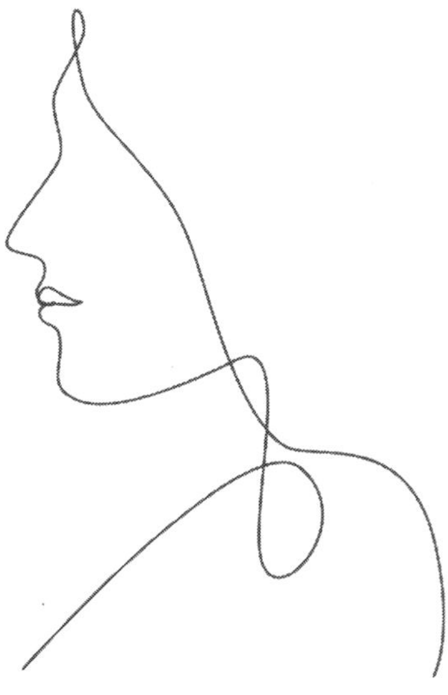

Ich verspreche viel,
meiner Mutter,
meinem Vater,
meinen Freunden,
mir selbst.

Es sind nur meine eigenen Versprechen,
die ich nicht einhalte.
Bin ich mir selbst so wenig wert,
bin ich mir so egal?

Die Welt ist so ruhig.

Die Stille weckt mich.

Es scheint, als wäre die Stille die lauteste Qual.

Ich sitze.

Ich sitze *falsch.*

Ich stehe.

Ich stehe *falsch.*

Ich lebe.

Ich lebe *falsch.*

Ich liebe.

Ich liebe *falsch*.

Wie ich es mache,

ich bin immer *falsch*.

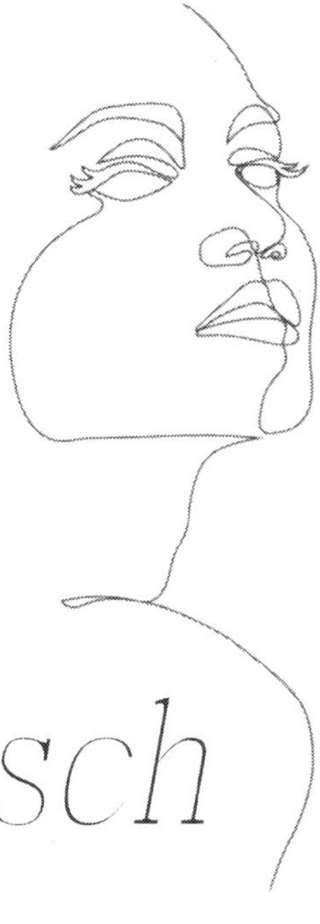

Falsch

Perfektion

Das Streben nach Perfektion
ist das größte Leid des Menschen.
Wir wollen perfekt sein,
wir wollen ein perfektes Leben,
wir wollen einen perfekten Partner,
wir wollen einen perfekten Job.

Wir verurteilen uns selbst
zum Unglücklichsein.
Menschlichsein ist imperfekt.
Es sind die Fehler und Schwächen,
die uns menschlich machen.
Wir brauchen eine Verschnaufpause
von dem unendlichen Streben
nach Perfektion.
Ich atme ein und aus.
Ich bin imperfekt.
Ich bin glücklich.

Wahrheit

Realität

Ein Drahtseilakt,

Balance zwischen Traum und Wirklichkeit.

Wahrheit

Ein Gleichgewicht,

das zur Ruhe oder ins Schwanken bringt.

Träumen

Schwerelosigkeit,

wunschgedankenverloren oder richtungsweisend.

Überall

Glück liegt

auf Weiden und in Wüsten,

in Blumen und in Disteln,

auf Sand oder auf Scherben,

in Tälern und auf Bergen,

in Trauer wie in Freude,

im Gestern und im Heute,

im Geben und im Nehmen,

im Fragen und Verstehen,

im Stehen und im Fallen,

in Abscheu und Gefallen,

in Gelassenheit und Wut,

in der Schwäche und im Mut,

in dem Hass und in der Liebe,

in Disziplin so wie in Trieben,

im Zufall und Sichentscheiden,

im Gemeinsam- und Alleinsein

liegt Glück.

Ich will dich verletzen,
ich will dich quälen,
ich will dir zeigen,
dass du ohne mich nichts bist.

Verlassen will ich dich aber nicht.
Meine Liebe hält mich bei dir,
ich kann dir nicht entkommen.

Bin ich ein grausamer Mensch?
Oder hast du mich
zu einem grausamen Menschen gemacht?

Grausamkeit

Es ist erschreckend,
wie sehr wir Menschen verbunden sind.

Ich schenke dir ein Lächeln,
das macht dich glücklich.
Ich helfe dir,
du fühlst dich unterstützt.
Ich höre dir zu,
du fühlst dich wertgeschätzt.

Ich schreie dich an,
du fühlst dich verletzt.
Ich versetze dich,
du fühlst dich verraten.

Jede Handlung von mir
hat eine Wirkung auf der Welt,
die ich nicht immer sehe.

Verbunden

Es wird besser werden

Es wird besser werden,
wenn man,
anstatt mit Gedanken Gefang'ne zu nehmen,
sie selber einsperrt, fesselt und knebelt,
bis sie es sich endlich eingestehen,
sich selber zu ernst zu nehmen.

Es wird besser werden,
wenn man,
anstatt dem, was bevorsteht, entgegenzulaufen,
provokant einfach stehn bleibt
und letztlich in Kauf nimmt,
nichts ändern zu können,
wenn man jetzt schon davon spinnt.

Kreuzung

Eine Kreuzung,
wie die Schnittmenge eines Lebens,
Weltbedürfnis und Berufung
kommen hier des Weges,
oft am Verfahren und am Kreise drehen
einbahnstraßenähnlich nur am Ausprobiern,
um plötzlich mittendrin zu stehen.

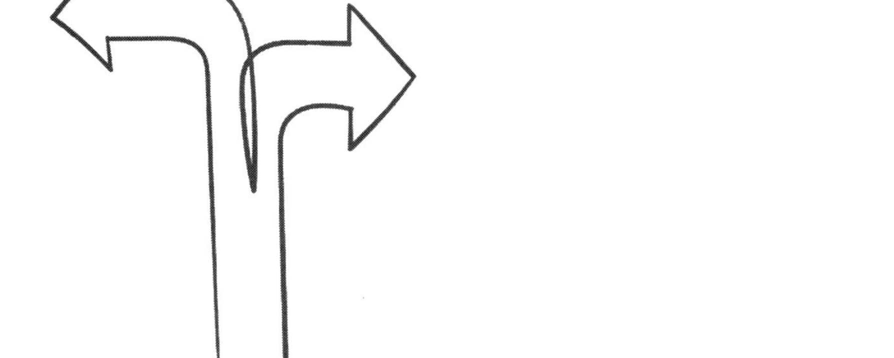

Die Nadel der Selbstliebe

Es tut weh,

in der Nacht alleine zu sitzen,

eine Nadel der Selbstliebe in dich zu stechen,

dabei die eigenen Wunden zuzunähen,

während du die leisen Schreie der Verzweiflung

in den Wunden vergräbst.

Ich verstehe Stille,
versteckt in meinem Herzen,
aufgenommen von mir,
ein Geschenk für jeden Menschen,
als Dekoration unserer Leiden.

Stille

Ich vermisse mich.

Ich vermisse mein Ich,

das glücklich war,

das jeden Morgen den Sonnenaufgang sehen wollte,

das aus dem Fenster voller Hoffnung schaute,

das liebte,

das nicht einsam war, obwohl es allein war.

Vermissen

Mit mir kann man nicht leben.

Ich bin schwer zu verstehen.

Ich bin anstrengend.

Manchmal bin ich gut gelaunt,

manchmal bin ich schlecht gelaunt.

Ich liebe

und leide.

Ich bin ein Mensch.

Menschsein

Ich suche vergeblich nach der Liebe,

die ich noch nie gefühlt habe.

Ich suche nach der Liebe,

die keine Worte kennt,

die Schmetterlinge im Bauch sammelt,

die mir den Atem nimmt.

Werde ich diese Liebe finden?

Liebe

Akzeptieren

Ich soll meinen Partner akzeptieren,

wie er ist.

Ich soll meine Familie akzeptieren,

wie sie ist.

Akzeptieren, Akzeptieren, Akzeptieren.

Dabei ist Akzeptieren

der Tod für Veränderung.

Doch Veränderung ist die Brücke

zu dem Paradies der Persönlichkeitsentwicklung.

Wären wir überhaupt Menschen ohne Entwicklung?

Ein Bild von dir

Mal ein Bild von dir
nicht allein in Schwarz und Weiß,
nicht nur, um es einzurahmen,
noch dafür, dass du es zeigst.

Mal ein Bild von dir
in blassen, wie in starken Farben,
in weit über die Ränder malend,
in nie vollendeten Collagen.

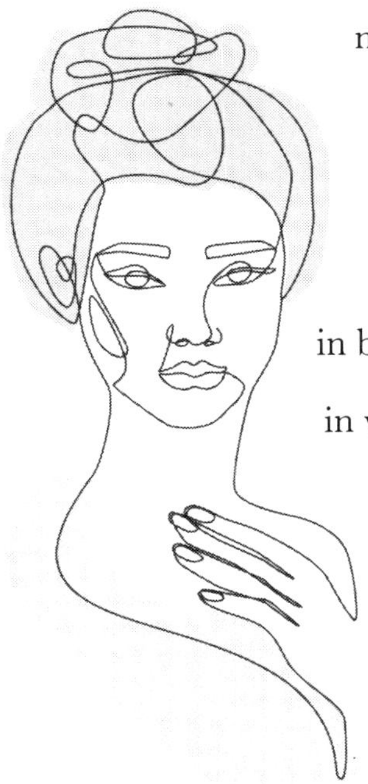

Eine offene Hand

Sie hat losgelassen, vielleicht aufgegeben,
sich befreit von Lasten oder sich ergeben,
sie hat abgewiesen oder zurückgedrängt,
sie hat Mut bewiesen,
sich irgendwo durchgezwängt,
etwas Neues greifend
und sich weit ausstreckend
in gespanntem Eifer mal wieder entdeckend.

So wie Mond und Sterne gehören wir zusammen,
aber sind so unterschiedlich.
Die Unterschiede trennen uns so weit,
dass ich dich bereits nicht mehr sehen kann.

Das ist mir egal,
wir kriegen das hin.
Keine zwei Wesen auf dieser Erde passen zusammen.
Nur zwei Dinge brauchen wir,
um aus der Höhle der Verzweiflung zu kommen:
Liebe und Bereitschaft zur Veränderung.

Das größte Zeichen von Liebe ist nämlich,
dass man die Bereitschaft hat,
so viel Arbeit reinzustecken,
bis man zueinander passt.

Zeichen von Liebe

Erzähl mir,

wie es sich anfühlt zu wissen,

dass du mich zerstört hast,

dass du mir Hoffnung genommen hast,

dass du mich verletzt hast,

aber auch,

dass du mir geholfen hast,

dieser Mensch zu werden,

dass du mich glücklich gemacht hast,

dass du mir gezeigt hast,

was Liebe ist.

Ambivalenz

Zeitreise

Manchmal würde ich gerne zeitreisen,
weder vor noch zurück hier im Jetzt bleiben,
alles abwägen und durchspielen,
um mich richtig zu entscheiden,
in Dauerschleifen der Willkür des Lebens ausweichen,
zurückspulen und neu schreiben
bis alle Variablen der Szene gleichen,
die ich mir vorstelle.
Doch was würde es bringen,
wenn ich in allen möglichen Dingen
nur darum ringe,
den Ausgang in allen möglichen Variationen
in Erfahrung zu bringen
und dem Leben damit das Lebendige abstelle?

Nicht aufgeben

Mit dem Kopf im Sand sieht man nichts außer Ängsten,

im Versteck hört man nur das, wovor man wegrennt,

weiße Fahnen decken zu, was hätte sein können,

und ein Verlust wird am Ende vielleicht ein Gewinn,

denn mit den Füßen auf dem Boden kannst du weitersehen,

aus dem Versteck springen

und der Angst entgegengehen,

einen weiteren Schritt wagen ohne aufzugeben,

um am Ende triumphierend aufzuleben.

Fakten

Das Leben kann mit Steinen werfen,
hart treffen und überrumpeln,
es kann dich in weiche Kissen betten,
dich einschläfern und ruhig schunkeln.
Manchmal lässt es dich allein
und überflüssig nutzlos fühlen,
ein andermal nimmt es dich ein
und lässt dich einen Helden spielen.
Oft gleitet es dir aus der Hand,
windet sich und flieht vor dir
und plötzlich läuft es wie geplant
überraschend kontrolliert.

Leben

Leben ist lernen

von Leichten und Schweren,

Menschen zu werden

und sich darauf einzulassen,

ungewollte und geplante

Möglichkeiten zu erhaschen.

Vermissen

Ich vermisse dich.

Deine alte Art,

dein altes Lächeln,

dein altes Ich.

Wie du mich umarmt hast,

wie mich geliebt hast.

Du hast dich verändert,

das weiß ich jetzt.

Du bist produktiv geworden.

Du bist effizient geworden.

Du bist besser geworden.

Trotzdem blicke ich leidend aus dem Fenster.

Ich vermisse dein altes Ich,

dein chaotisches Ich,

dein Ich,

das für mich immer Zeit hatte.

Glück

Wie schrecklich muss es sein,
dass der Mensch
immer wieder
ein kleines Häppchen
vom Kuchen des Glücks abbekommt,
und dann erfährt,
dass er nicht mehr verkauft wird?

Ohrfeige

Guck dich an,
wie du mich anschaust
mit deinen großen, lieben Augen,
wie du glücklich und friedlich deines Weges gehst,
als wäre das,
was du getan hast,
eine kleine Ohrfeige gewesen,
obwohl es doch der Einschlag einer Bombe war.

Lügen

Ich sagte mir selbst,

heute stoppe ich,

ab heute kenne ich meinen Wert,

ab heute achte und liebe ich mich,

ab heute mache ich das, was ich wirklich will,

ab heute bin ich glücklich,

denn das, was ich brauche, habe ich schon.

Das sind die *Lügen*, die ich mir *täglich sage.*

Das sind die *Lügen*, die ich *selbst glaube.*

Entscheidung

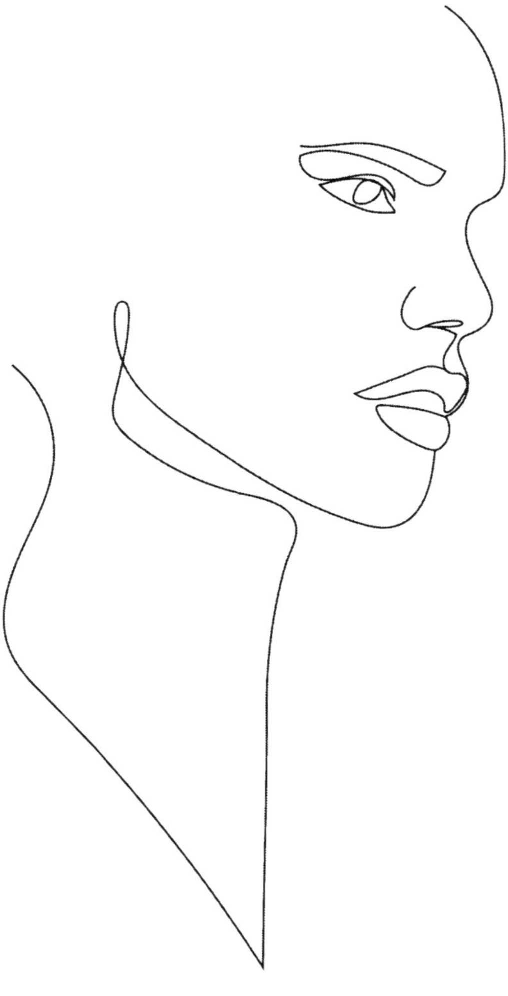

Ich spüre,

wie der Schmerz meine Adern verlässt.

Denn ich habe mich jetzt entschieden:

Ich will

keine Menschen, die mich nicht auch lieben,

keine Menschen, die mich verletzen wollen,

keine Menschen, die sich nicht mit mir entwickeln wollen.

Verlassen

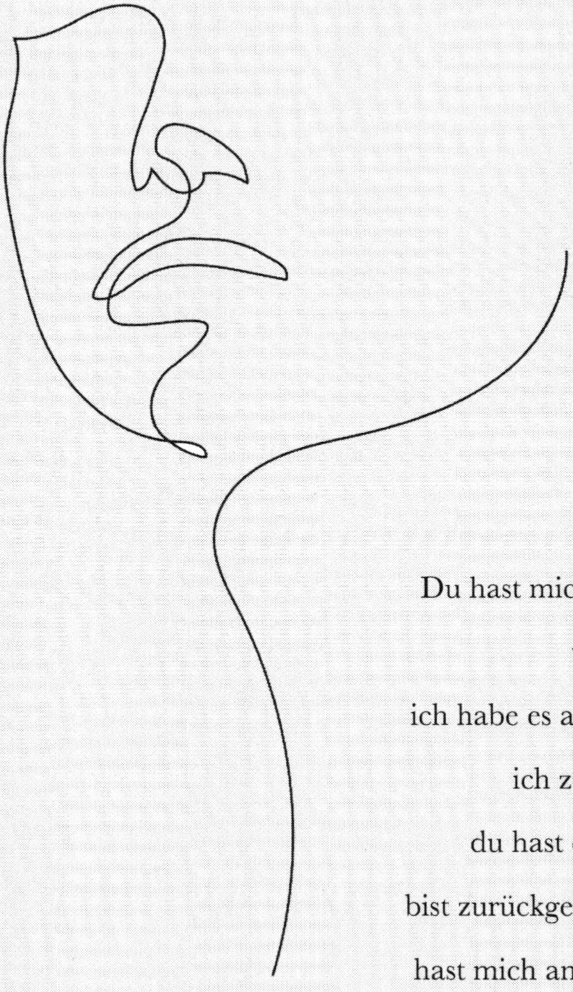

Du hast mich geliebt,
verlassen,
ich habe es akzeptiert,
ich zog weiter,
du hast es bereut,
bist zurückgekommen,
hast mich angebettelt,
ich solle dich zurücknehmen.
Warum sind wir Menschen so paradox?

Ich war bereit,
voller Energie und Tatendrang,
voller Veränderung und Bereitschaft,
voller Zufriedenheit und Liebe.
Ich bin glücklich.
Doch ich habe bemerkt,
dass sogar meine beste und glücklichste Version,
bei dir an der falschen Adresse ist.

Bereitschaft

Auf dem Weg

Während du auf dieser Straße läufst
und dich fragst,
wie lange dieser Weg noch ist,
während du noch in die Ferne schaust
und dir sagst:
„Weit und breit kein Ziel in Sicht!“,
bist du schon lange angekommen
und warst
schon lange unterwegs,
denn es gibt nur eins, was zählt,
und zwar,
dass du tatsächlich gehst.

Drei Zeiten

Drei Zeiten:

Du warst, du bist, du wirst.

Zwei Weichen:

geprägt und selbst geirrt.

Ein Bleiben

des Suchens tief in dir.

Drei Grenzen:

bereut, bekannt, befreit.

Zwei Chancen:

Man geht oder man bleibt.

Ein Setzen

auf Auseinanderreihen.

Drei Stufen:

gesprießt, geblüht, gereift.

Zwei Rufe:

nach sich selbst und Anderssein.

Ein Ufer:

mal fremd und mal ein Heim.

Gedanken

Ich sitze hier in meinen Gedanken,
auf meiner Terrasse,
der kalte Wind streift mein Gesicht,
er stört mich in meinen Gedanken.

Was mache ich hier?
Ich lüge mich selbst an.
Ich will so viel machen,
so viel erreichen,
mache aber so wenig.

Ist dir genug zu wenig,

ist wenig dir genug?

Wenn nur immer mehr dich sättigt,

dann verhungerst du.

Vergleichst du dich ständig mit andern,

kriegst du dich selber nie zu seh'n.

Bist du im Kopf dauernd woanders,

wird dir das Hier und Jetzt entgeh'n.

Muss immer alles besser werden,

bleibt keine Zeit, um gut zu sein.

Es ist leicht, sich zu beschweren,

doch schwer, in Leichtigkeit zu weiln.

Genug

Wundsalbe

Wir wollen stark sein,
unseren Liebsten nicht zeigen,
wie verletzlich wir sind.
Die Angst übermannt uns:
Was ist, wenn meine Liebsten mir zu nahe kommen,
und ihre Finger in meiner Wunde reiben?
Wunden sind so nah am Herzen,
wie nichts anderes.
Zeige ich ihnen nicht meine Wunde,
wird nie jemand mir nahe am Herzen sein können.
Möglicherweise kommen sie
und schließen die Wunden
mit einer Wundsalbe
aus Worten und Liebe.
Möglicherweise kommen sie
und verstehen meinen Schmerz.

Jeder sagt mir,

ich verdiene mehr,

ich verdiene einen Menschen,

der liebevoll,

geduldig

und ehrlich ist.

Aber niemand will mir das geben.

Niemand

Lauf der Dinge

Ich bin jung, älter und alt,
ich bin jedes Alter und keins.

Morgens stehe ich voller neuer Energie auf,
bin süchtig nach Aufmerksamkeit,
ohne Kontrolle meiner Emotionen,
wie ein junges Kind.

Mittags überlege ich,
entscheide mich falsch,
wie ein junger Erwachsener.
Was mache ich nur mit meinem Leben?
Was ist der Sinn des Lebens?

Abends bin ich erschöpft,
müde von der anstrengenden Welt,
weiß, was ich will,
wie ein alter Greis.

Schönheit

Bin ich schön?

Bin ich attraktiv?

Vollkommen egal.

Du sollst dich hässlich finden,

du sollst nach einem Ideal streben,

das du niemals erreichen kannst.

Du bist hässlich,

so hässlich,

um weiter zu kaufen und zu kaufen.

Neue Probleme jedes Jahr,

die uns noch hässlicher machen,

für die wir dann direkt eine Lösung finden,

die niemals umsonst ist.

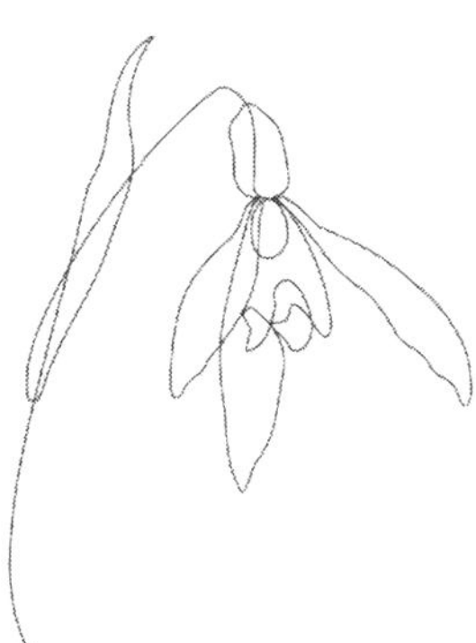

Grauer Himmel

O du grauer, grauer Himmel,
was versteckst du hinter dir?
Noch mehr erdrückend schwere Dünste,
schwebend über mir?
Noch mehr nasser, kalter Regen,
der sich kalt auf meine Glieder legt?
Noch mehr Wind und raues Wehen,
das mir zurückdrängend im Wege steht?

O du grauer, grauer Himmel,
hinter dir, was fänd ich bloß?
Wär dort ein blauer Horizont,
hell und weit und wolkenlos?
Wär dort ein warmer Glanz zu spüren,
der mich kitzelnd zart berührt?
Wär dort ein ruhiger warmer Ort,
der mein Herz mit Ruhe kürt?

Wenn es eine Formel gabe,
einen Auf-der-Stelle-glücklich-Hebel,
um das Glück aus den Angeln zu heben
und nach Belieben zu bewegen,
wo man es gerade brauchte,
sodass mit simplen Wunschvariabeln
zum Erstellen von märchenhaften Parabeln
deine Lebensgerade nur in positiven Koordinaten auftauchte,
wärst du damit unterm Strich überhaupt noch glücklich?

Wärst du glücklich?

Wahre Liebe

Liebe heißt,
sich verstehen,
ohne Worte.
Liebe heißt,
dass dein Partner deine Probleme kennt,
bevor du sie überhaupt fühlst.
Liebe heißt,
dass ihr perfekt zusammenpasst,
nichts steht dem im Wege.
Das sind die größten Lügen, die uns erzählt werden.
Es gibt nicht die *eine* Person.
Es gibt nur die Person,
für die du willig bist,
stundenlang über dich nachzudenken,
stundenlang zu reden,
ein Lehrer deiner selbst zu werden.
Keine Beziehung hält ohne Worte.

Aufgeben klingt schlimm.
Es ist die größte Niederlage deines Lebens.
Die Starken machen weiter
und geben nie auf.
Was ist mit dir?

Nein, Aufgeben ist für die Starken.
Aufgeben heißt
zu erkennen,
dass es hier nicht weitergeht,
aber du woanders weitermachen kannst,
dass du deinen Stolz wegpackst
und eine vergebliche Aufgabe beendest,
bevor sie noch viel mehr Schaden anrichten kann.
Aufgeben ist für die Starken.

Aufgeben

Grenzen

Ich bin einer nett Mensch.
Ich halte mich zurück,
sogar wenn ich richtigliege.
Ich empfinde Schmerz,
wenn andere falschliegen.
Doch auch ich habe Grenzen.
Wenn ich dich anschreie,
weine
und mich wehre,
dann ist das,
weil sogar ich nicht mehr kann.

Glücklich sein

Kann ich glücklich sein?
Oder ist das eine Lüge,
die mir erzählt wurde?
Um glücklich zu sein,
muss ich erst gelitten haben,
so heißt es.
Denn erst dann weiß ich,
was Glück ist.
Bedeutet das dann nicht,
dass ich niemals gelitten habe?
Bin ich einer der glücklichen Menschen,
die niemals gelitten haben?

Veränderung

Wie konntest du dich so stark verändern,

während wir die ganze Zeit

zusammengelebt haben?

Aber nein,

du hast dich nicht verändert.

Ich habe nur nie dein schlimmstes Ich gesehen.

So warst du schon immer.

Verrat

In meinen Rücken gestochen wurde ich.
Es schmerzt,
doch es ist zu ertragen.

Ich drehe mich um
und sehe, wer das Messer hält.
Dieser Schmerz bringt mich um.

Kompro misse

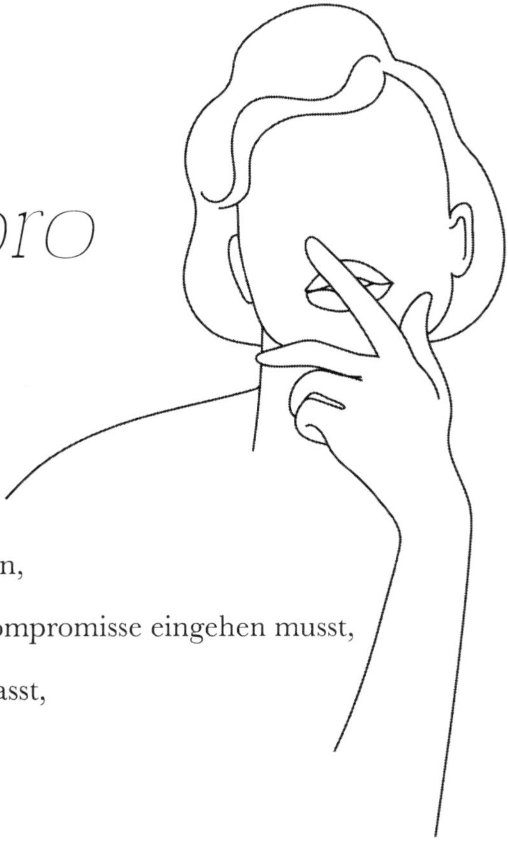

Finde den Menschen,

für den du keine Kompromisse eingehen musst,

der perfekt zu dir passt,

so heißt es.

Schwachsinn.

Kompromisse sind die nobelste Erfindung der Menschheit.

Kompromisse sind ein Zeichen dafür,

dass wir standhaft sind

und für die Liebe kämpfen,

weil unsere Liebe stärker ist als alles andere.

Rache

Rache will ich,
für das, was mir angetan wurde,
für das, was mir nicht gegeben wurde.
Ich möchte,
dass du genau das fühlst,
was ich fühle.
Du sollst leiden, für das, was du getan hast.

Trotzdem sitze ich hier,
lasse den Wind meine Wangen berühren.
Ich schließe meine Augen
und atme tief ein.

Nein, es ist nicht die Rache, die ich will.
Vergeben und akzeptieren will ich.

Liebe

Liebe?

Das möchte ich nicht mehr.

Denn lieben kann jeder.

Es ist zu leicht zu lieben,

doch keiner weiß,

wie man liebt.

Ich möchte dir vertrauen können,

mich auf dich verlassen können.

Ich habe viel Zeit in dich investiert,

ich habe viel Mühe in uns gesteckt.

Trotzdem bin ich jetzt alleine und einsam.

Doch ich weiß,

es ist keine verschwendete Zeit.

Es ist Zeit,

die ich in mich investiert habe,

mich kennenzulernen,

mich lieben zu lernen.

Zeit

Ich schreie!

Ich schreie.

Du sagst,

ich sei schrecklich.

Du sagst,

ich verdiente keine Liebe.

Doch ich schreie nur,

weil ich dich liebe,

weil du mich verletzt hat,

weil du mir nicht egal bist.

Die zwei dahinten sehen glücklich aus,
sehe ich.
Doch woher weiß ich das?
Ich bin nicht sie,
vielleicht sind sie nicht glücklich.
Woher weiß ich,
dass ich nicht weiß,
dass sie glücklich sind?

Wissen

Und dann?

Es ist schön,
wenn Schmetterlinge in deinem Bauch kitzeln,
man kann sich dran gewöhnen,
die Welt in rosaroten Farben anzupinseln
und in Höhenflügen über der Realität schwebend
auf Wolke sieben zu sitzen.
Doch Schmetterlinge fliegen aus,
der Alltag färbt die Welt schnell grau
und auf dem Boden der Tatsachen schlägt man hart auf.
Und dann?
Sind es Erlebnisse und Meilensteine,
die wie betonierte Gedankengebäude
fest in unseren Herzen bleiben,
traurig tiefe Wunden,
die auf mit Vergebung gepflasterten
Treue verkünden,
Zufriedenes in die Arme schließen
und dankbar des andern Anderssein genießen.

Nicht alles sein zu müssen,

es aber werden zu können

oder so bleiben zu dürfen und das anzuerkennen.

Schwach

Ich bin schwach.

Ich wusste, wer du bist,

dass du anders sein kannst,

dass du mich nicht lieben kannst.

Ich wusste das

und habe mich entschieden zu bleiben.

Treubleiben

Leute sagen mir,
sei gemein zu der Person,
die dich nicht wertschätzt,
die dich immer anschreit, auch wenn du recht hast,
die dich schlecht behandelt, wenn sie wütend ist.

Sie wird dich
immer und
immer wieder verletzen.

Nein.
Ich werde nicht verändern,
wer ich bin.

Ich versuche es
immer und
immer wieder.
Klappt es nicht,
gehe ich.

Team

Ich weiß,

du brauchst mich.

Ich weiß,

dass es schwer ist zuzugeben,

dass du mich brauchst.

Lieber starrst du wütend die Wand an,

arbeitest weiter,

tust so, als wäre nichts.

Du musst bei mir nicht stark sein.

Wir sind ein Team.

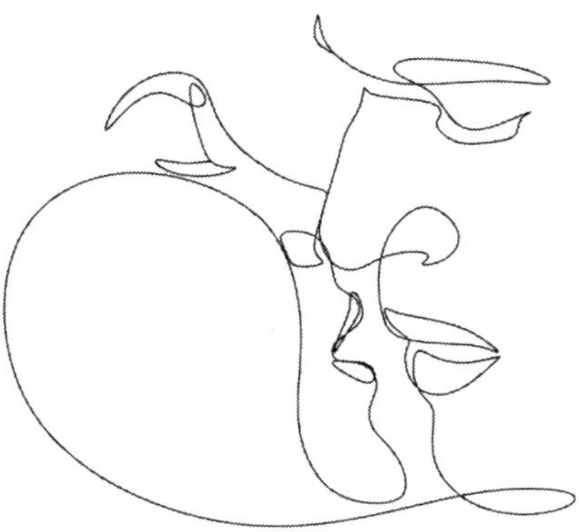

Liebe heißt kein Verurteilen.

Wer dich liebt,

könnte dich niemals anschauen

und denken,

du wärst ein böser Mensch,

auch wenn du der boshafteste Mensch

auf der Welt wärst.

Verurteilen

Meine Gedanken umarmen mich,

sie ermöglichen mir so vieles.

Aber sie überfordern mich auch.

Sie schreien mich an,

bestrafen mich für meine Entscheidungen,

wollen mehr und mehr.

Wie kann ich mich von meinen Gedanken befreien?

Nie.

Ich kann mich nicht von ihnen befreien.

Ich muss mich ihnen gegenüberstellen,

ich nehme sie an.

Meine Gedanken

Verloren

Ich will das nicht mehr.

Ich frage mich immer wieder,

wie es wäre,

wenn das alles nicht passiert wäre.

Wäre ich jetzt glücklicher?

Hätte ich ein besseres Leben?

Der Boden ist so weich,
als ob ich fliegen würde,
schwebend auf den weichsten Wolken,
getragen von dem leistesten Wind,
ja, so fühlt sich Zufriedenheit an.

Zufriedenheit

Du kannst nur so viel wachsen,

wie du es dir selbst erlaubst.

Ich frage mich, ob ich lieben kann.

Ich weiß es nicht.

Ich habe keine Vorbilder.

Kann ich überhaupt lieben?

Ich habe nie gelernt zu lieben.

Liebe ist nicht Verstehen ohne Worte.

Liebe ist nicht, alles am Partner zu akzeptieren.

Liebe ist nicht, die eine Person zu finden.

Das ist Liebe nicht.

Liebe ist, Feedback anzunehmen und sich zu verändern.

Liebe ist, ein Lehrer seiner selbst zu werden.

Liebe ist, durch Arbeit und Mühe

als Paar kompatibel zu werden.

Liebe

Liebe wird dich entweder erschaffen

oder zerstören.

Verstand gegen Herz

Ich suche nach Liebe.
Dabei weiß ich nicht mal, was Liebe ist.
Ich denke, ich liebe diese eine Person,
egal, wie toll jemand anderes ist.
Aber warum?
Die anderen sind besser,
so sagt es mein Verstand.
Aber ich kann nicht loslassen von dieser einen Person.
Sie lässt mich leiden, wie es kein anderer kann.
Das ist es, was ich suche.
Ich suche Leid,
denn nur dann ist es wahre Liebe.
Dieser eine ist besser,
so sagt es mein Herz.
Ich sitze hier
als fünftes Rad am Wagen
neben Herz und Liebe.

Unser Leben

Menschen sagen,

das Leben sei kurz.

Dabei ist es das Längste,

was wir miterleben können.

Suche nach Glück

Ich gucke in den Himmel.
Ich suche nach Glück
zwischen den Sternen und dem Mond,
doch es sind zu viele.
Verzweifelt versuche ich,
durch den Schleier der Dunkelheit zu sehen,
doch es ist zu dunkel.
Ängstlich versuche ich,
die Wand des Nebels zu durchbrechen,
doch es ist zu nebelig.

Schnell

Schnell, schnell,

nimm dir, was du kannst.

Denn bald ist es nicht mehr da.

Bald ist alles weg.

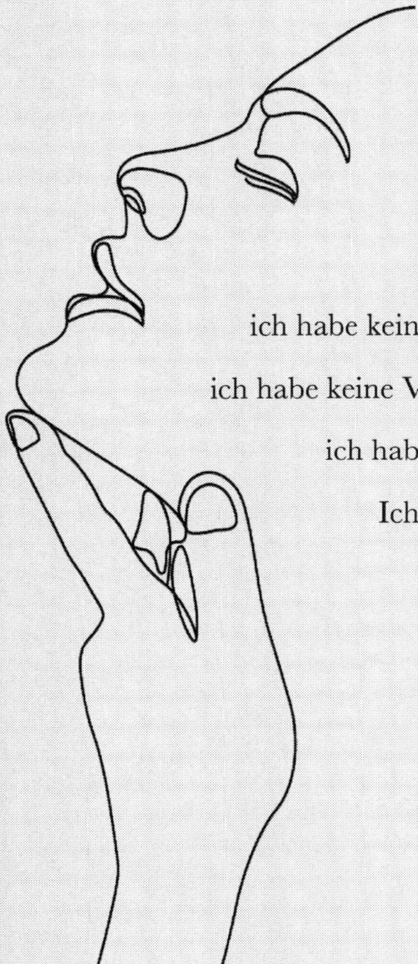

Ich bin leer,

ich habe keine Gegenstände,

ich habe keine Verpflichtungen,

ich habe keine Sorgen.

Ich muss loslassen.

Loslassen

Veränderung

Ich hasse Veränderung.

Alles erreicht aber irgendwann ein Ende

und verändert unser Leben.

Freundschaften enden,

Beziehungen enden,

sogar Familie kann enden.

Das Leid des Menschen ist,

nicht zu wissen,

wann etwas endet,

und nicht zu wollen,

dass etwas endet.

Akzeptieren wir,

dass jederzeit alles enden kann,

dass jederzeit alles verändert werden kann,

leiden wir nicht mehr.

Wut

Ich soll nicht wütend sein?
Wut ist nicht schlecht,
Wut kann ich lernen abzulegen,
von Wut kann ich mich trennen.
Das, was ich aber nicht kann,
ist, den Schmerz zu ertragen,
mit der Flut an Trauer umzugehen.

Schmerz entsteht durch Verrat,
Ignoranz,
Verlassenwerden.
Es nimmt mein Herz ein
wie ein Parasit
gegen meinen Willen.
Schmerz kann ich nicht ablegen.

Sinn des Lebens

Der Sinn des Lebens.

Bevor du kamst,

fehlte er mir.

Innerhalb von Sekunden

änderte sich alles.

Jetzt habe ich einen Sinn.

Priorität

Ich habe keine Zeit,
mit dir zu reden,
dir zuzuhören,
dir Liebe zu schenken.

Denn ich muss,
lernen,
arbeiten,
aufräumen.

Du sagst, ich lüge.
Du hast die Zeit,
mit mir zu reden,
mir zuzuhören,
mir Liebe zu schenken,
aber du *willst* anderes.

Du willst,

lernen,

arbeiten,

aufräumen.

Es ist ganz simpel,

ich bin keine Priorität.

Bester Freund

Wann bist du mal dein bester Freund?
Dem du Pausen gönnst und sich ausruh'n lässt,
dem du Mut zusprichst und von Herzen schätzt,
dem du erlaubst zu sein, weil das oft genügt,
mit dem du Zeit genießt, weil es dich vergnügt?

Einander

Zueinander gefunden,
aus heiterem Himmel aus allen Wolken
und sich gegenseitig gefallen.
Miteinander erfunden,
in Luftschlossentwürfen die Zukunft gezeichnet.
Untereinander versprochen,
die Welt erobernde Gefährten,
die ohne Furcht in fremde Länder ziehen.
Übereinander gesprochen,
geschwärmt und gelästert vor Entzückung schwebend
und zerstört am Boden liegend beieinander geblieben,
als Unwetter tobten, euch zu entzweien drohten,
doch ihr hieltet wie Seemannsknoten.
Füreinander entschieden,
gezweifelt und abgewogen,
die Waagschalen tarierend mit Gefühlen betrogen.

Schönheit

Schönheit.

Ein Wort, das so gut klingt.

Es verspricht Glück und Zufriedenheit.

Doch in Wahrheit

ist es ein Wort,

das uns alle hässlich macht,

das uns alle unglücklich macht,

das uns alle unfrei macht.

Tor zur Seele

Sie sagen,
die Augen seien das Tor zur Seele.
Warum sehe ich dann,
eine geschlossene Tür,
beschützt von bewaffneten Wächtern,
wenn ich in deine Augen schaue?
Warum sehe ich dann,
nichts anderes als einen Nebel,
der sich um mich bindet
und mir in mein Ohr flüstert,
ich solle gehen.

Befreiung

Ein Schleier von Scham wickelt sich um mich.

Ich spüre meine Arme nicht mehr.

Der Schleier wird enger,

ich kriege keine Luft mehr.

Ich greife mit aller Kraft

nach dem Messer der Befreiung.

Ich schaffe es nicht.

Der Schleier wird enger und enger.

Das Wetter sieht schrecklich aus.

Die grauen Wolken nehmen den Himmel ein,

nicht mal der kleinste Sonnenstrahl kommt durch.

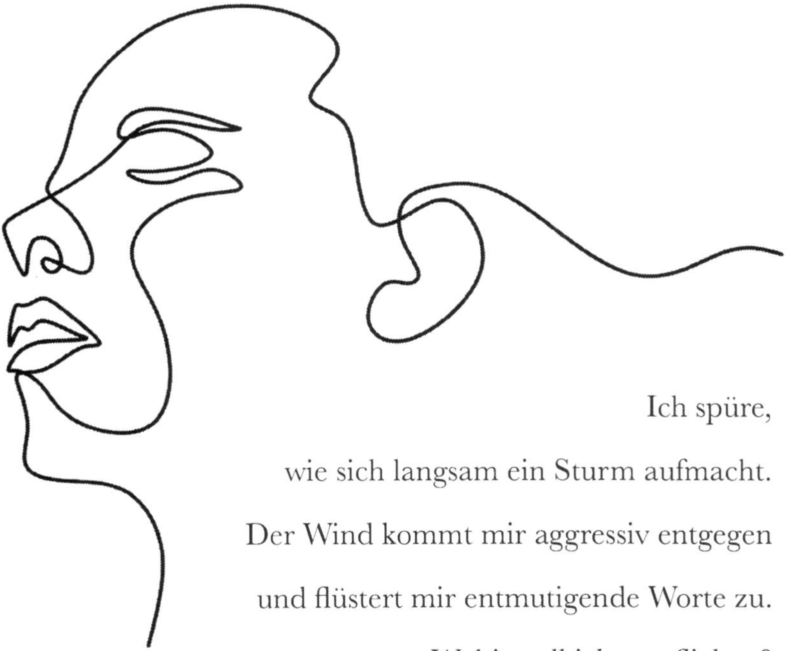

Ich spüre,

wie sich langsam ein Sturm aufmacht.

Der Wind kommt mir aggressiv entgegen

und flüstert mir entmutigende Worte zu.

Wohin soll ich nur fliehen?

Vor mir selbst fliehen kann ich nicht.

Fliehen

Das Leben eines anderen

Das Leben ist so kurz.

Jeden Tag frage ich mich,

ob ich mein Leben genieße,

ob ich mich für dieses Leben entschieden habe,

ob ich frei bin,

während ich das Leben eines anderen lebe.

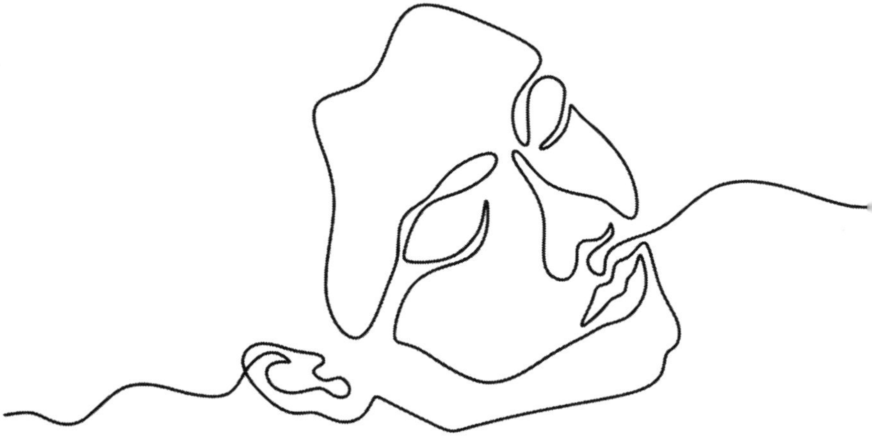

V e r s t e h e n

Niemand wird mich je verstehen können,

dafür sind wir zu unterschiedlich.

Ich suche nicht nach jemandem,

der mich versteht,

ich suche nach jemandem,

der mir zuhört,

obwohl er meine Erlebnisse nicht verstehen kann,

der meinen Schmerz spürt,

obwohl er meine Erlebnisse nicht erlebt hat.

Leben

Wir fliegen weg,

wir heben ab in eine andere Welt.

Schneller, produktiver, erfolgreicher.

Das wollen wir.

Produktiv sein, heißt es,

das Rezept zum Erfolg.

So schnell wie möglich.

Doch wir leben so schnell,

dass wir nicht mal wahrnehmen,

dass wir leben.

Nimm dir eine Minute zum Atmen.

Blicke nach vorne:

Was siehst du?

Lebst du richtig?

Leben ist wahrnehmen,

was gerade passiert.

Wissen

Den Kopf mit ungelösten Fragen
schwer auf deinen Schultern tragend
willst du vieles fallenlassen,
worauf du Antworten hattest,
schon unter den Tisch gekehrt,
wovon sich erst dein Geist genährt,
denn schnell schmeckt fade
und Neues meistens würzig heiß.
Doch wann gehst du gedankenverloren,
müßig durch die Korridore
all deiner Gedankengänge und schaust,
was du dort wiederfändest?

Zauberei

Es ist wie ein Fluch!

Abrakadabra

Einen glücklichen Moment erkennt man erst,

wenn er schon da war

Hokuspokus

Magie des Augenblicks beschworen

und doch verpasst, was los ist,

wie eine Hexenjagd

Ene mene miste

scheitert haufenweise all das Suchen nach dem Besten.

Traum

Schon als Kind
träumte ich davon,
dass ich etwas
Neues,
Wunderbares,
Bedeutendes finden würde,
hinter den Sternen,
hinter der Sonne und dem Mond,
hinter der unendlichen Dunkelheit im All,
etwas so Besonderes,
dass ich es spüren könnte,
ohne es jemals gesehen zu haben.

Narben

Ich schaue mich an.
Sofort sehe ich meine Narben,
vor denen ich mich verstecken wollte,
die mir Angst machen.

Sie sind nicht schön,
ich will sie nicht.
Grausame Gedanken suchen mich seit Jahren heim.
Aber nicht mehr heute.

Heute gucke ich sie an,
lächele sie an
und sage mir:
„Wir haben überlebt, wir haben gewonnen.“

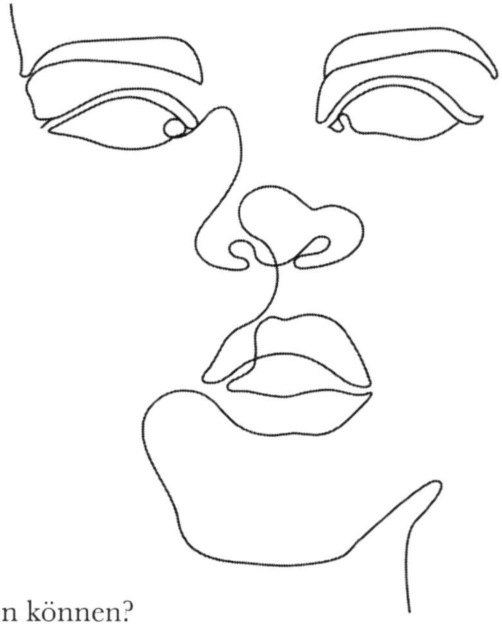

Wie schön ist es,

dass Menschen lieben können?

Wie unglaublich ist es,

dass wir uns trotzdem für toxische Beziehungen entscheiden?

Beziehungen

Verbunden

Ich spüre,
wie Blumen des Glücks in mir wachsen,
sie wachsen langsam,
geben mir Zeit, sie zu fassen,
sie nehmen langsam meinen ganzen Körper ein.

Ich liege unter freiem Himmel,
meine Blumen wachsen weiter,
sie reichen in den Himmel.

Ich sehe,
wie sie sich mit dem Himmel verbinden,
wie ihre Wurzeln tief in die Erde gehen,
wie sie ihre Umwelt berühren.

Ich fühle mich verbunden.

Ein Schleier von Schmerz durchzieht meinen Körper,
erreicht meine Arme,
meinen Bauch,
meinen Kopf.
Mein Herz hat meinen Körper vergiftet.

H
e
r
z
s
c
h
m
e
r
z

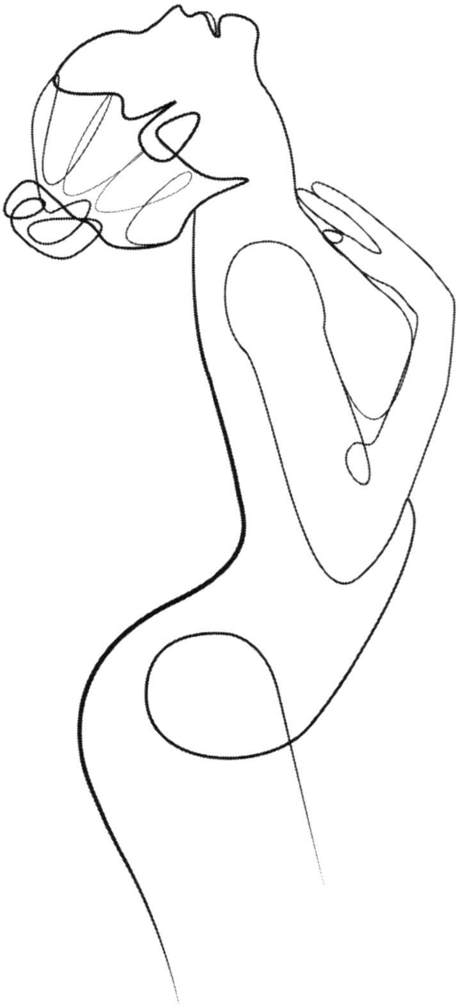

Hass ist nicht das Gegenteil von Liebe.
Hass versteckt, was es wirklich ist,
Hass ist ein Vorwand,
der größte Ausdruck
von Verletztsein und Enttäuschung,
die Antwort auf Verrat.
Hass entsteht,
wenn Liebe scheitert,
weil wir das zerstören wollen,
was uns unglücklich macht.

Das Gegenteil von Liebe?
Gleichgültigkeit.

Hass

Als ich dich traf,
konnte ich meine Augen nicht von dir richten.
Deine Ausstrahlung stahl mir den Atem,
deine Liebe heilte alle meine Wunden,
deine Worte legten sich liebevoll auf meine Brust.
Du bist unersetzbar.
Du bist unvergesslich.
Du bist mein Lieblingsmensch.

Lieblingsmensch

Vergleichen

Wieso vergleiche ich unsere Leben,

obwohl sie doch so anders sind,

obwohl wir doch andere Menschen sind,

obwohl ich doch weiß, dass es mich unglücklich macht?

Zeit zum Warten

Ich schenke dir ein wenig Zeit zum Warten,
verpackt in zeitlos designten Verspätungsarten,
während du dir pünktlich angekommen
den Kopf zermarterst,
darüber den Leerlauf totzuschlagen,
der sich unverschämt unverhofft traut, es zu wagen,
den Gang herauszunehmen
aus perfekt geplanten Tagen,
denn es ärgert dich, so lang zu weilen,
sodass du dich ablenkst
und versuchst, die Zeit zu vertreiben,
die ich dir schenken wollte,
um dich dir selbst zu zeigen.

Der Faden

Du hältst den Faden in der Hand,
mal Stahlgeflecht, mal Fadenband.
Braucht es einmal nur ne kleine Spannung,
um ihn zum Zerreißen zu bringen,
hängen andern mal zehntausend Tonnen
jetzt, sofort und gleich an ihm.

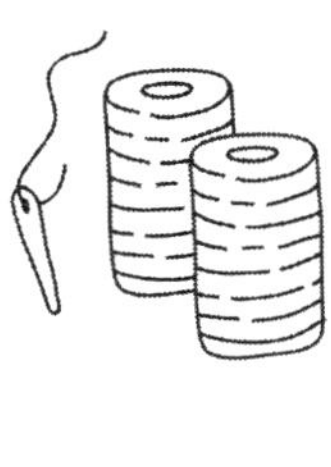

Schnell, langsam

Schnell,
aufgestanden und gewaschen,
viele Sachen sind zu machen,
eh man Zeit hat zu erwachen.
Schnell,
sich selber überholt, bevor man
auf dem Weg schon angekommen
überhaupt sich selber fühln kann.
Langsam,
augenschließend auszuatmen,
geduldig auf sich selber warten,
ohne voreilende Gedanken.
Langsam,
bewusst in diesen Tag einfinden,
in Ruhe den Moment erkunden,
Kopf mit Seele zu verbinden.

Erwartung

Wahrscheinlich ist nicht gleich wahr,
tatsächlich geschieht oft unerwartet,
endgültig war niemals da,
wirklich erst, wenn es dir bevorsteht,
womöglich ist optional,
sicherlich nur stolz vermutet,
wesentlich ist dieser Tag,
schließlich ist er eingetrudelt.

Printed in Poland
by Amazon Fulfillment
Poland Sp. z o.o., Wrocław

14822798R00069